Gotas de amor
para el corazón

Gotas de amor para el corazón

Pablo López

editores mexicanos unidos, s.a.

EMU

D. R. © Editores Mexicanos Unidos, S. A.
Luis González Obregón 5-B, Col. Centro,
Cuauhtémoc, 06020, D. F.
Tels. 55 21 88 70 al 74
Fax: 55 12 85 16
editmusa@prodigy.net.mx
www.editmusa.com.mx

Coordinación editorial: J. Antonio García Acevedo
Diseño de portada: Arturo Rojas Vázquez
Formación: Jorge Huerta Montes

Miembro de la Cámara Nacional
de la Industria Editorial. Reg. No. 115.

1a edición: febrero de 2005

2a reimpresión: abril de 2007

ISBN 978-968-15-1819-6

Impreso en México
Printed in Mexico

PRÓLOGO

El amor y el desamor se destruyen, se proyectan, se invocan, y al mismo tiempo buscan el equilibrio. El amor es incansable, inagotable, excelso y siempre va acompañado por su opuesto.

Y sin darnos cuenta el amor anda siempre a nuestro lado y a veces, muchas veces, ni siquiera lo acabamos de conocer. En incontables ocasiones no lo dejamos seguir su paso y tiene que buscar otro camino; esto lo agota y su opuesto crece. Surgen, entonces, otros sentimientos, otras ideas que sustituyen al amor o lo hacen perecer.

Pero, ¿quién nos ha enseñado a cuidar del amor para que no suceda esto? Y además se preguntarán actualmente: ¿para qué ocuparme del amor, habiendo tantas otras actividades físicas y mentales que nos absorben descomunalmente? Es cierto, la vida acelerada (computarizada) da muchas satisfacciones, pero también desazones; estamos adquiriendo patologías que nos cambian y nos destruyen.

Por el momento, yo sigo aquí escribiendo acerca del amor, pensando en qué es, para qué es, de dónde viene. El amor es un maravilloso sentimiento que nos puede sacar de esa esquizofrenia social que se inserta en nuestras vidas, que nos frustra, nos comprime, nos agota, y no nos deja sacar lo que realmente pensamos y percibimos de la vida, esplendorosa y caótica al mismo tiempo. Y sigo escribiendo acerca del amor porque es un sentimiento indispensable para vivir.

Imaginemos una convivencia mejor gracias al amor en la casa, la escuela y el trabajo. Tal vez suene como una utopía, pero mientras tengamos en mente esta idea, podremos lograr una existencia más sana, cómoda, divertida, conmovedora y feliz.

Podemos pasarnos horas hablando del amor fraternal y de pareja. En esta selección de palabras relacionadas con el amor, pretendemos dar a conocer las expresiones más sinceras y pasionales.

Invitamos al lector a disfrutar estos refranes, proverbios, poemas y pensamientos lúdicos sobre el amor, el desamor y la devastación o exaltación de los sentidos que este sentimiento provoca.

FRASES CÉLEBRES

Un hombre no está donde vive, sino donde ama.

Graham Greene

¿Puede ser por ventura amado al que a nadie ama?

Demócrates

Ama sólo un día y el mundo habrá cambiado.

Robert Browning

Ama y haz lo que quieras. Si callas, callarás con amor; si gritas, gritarás con amor; si corriges, corregirás con amor; si perdonas, perdonarás con amor.

Cayo Cornelio Tácito

Amar es el más poderoso hechizo para ser amado.

Baltasar Gracián

El amor no sólo debe ser una llama, sino una luz.

Henry D. Thoreau

Ama a una nube, ama a una mujer, pero ama.

Théophile Pierre J.

En la vida debemos que tener como meta la verdad, el medio para alcanzarla, el amor.

Gandhi

Amar es, entre todo los sentimientos del alma, el que más se parece a la eternidad, el que más nos acerca a ella.

José Vasconcelos

Si no tardas mucho, te espero toda la vida.

Óscar Wilde

El amor, si existe, en cuanto existe, es siempre naciente. Es siempre descubrimiento, revelación, admiración, adoración y deseo de unión con algo que nos trasciende y que da orden y sentido al mundo.

Francesco Alberoni

El amor y el deseo son las alas del espíritu de las grandes hazañas.

Goethe

Amamos al que nos condena y corremos tras él para salvarnos.

John Selden

El amor tiene fácil la entrada y difícil la salida.

Lope de Vega

¿Puede alguien recordar el amor? Es como querer conjurar el olor de las rosas en un sótano. Podrías ver las rosas, pero el perfume, jamás. Y esa es la verdad de las cosas, su perfume.

Arthur Miller

Amamos la vida no porque estamos acostumbrados a vivir sino amar.

Friedrich Nietzche

Amor sin deseo es peor que comer sin hambre.

Jacinto O. Picón

Buscamos llenar el vacío de nuestra individualidad y por un breve momento disfrutamos de la ilusión de estar completos, pero sólo es una ilusión; el amor une y después divide.

Lawrence Durrell

Donde reina el amor, sobran las leyes.

Platón

Si su amor fue una comedia, su matrimonio será un drama.

Armando Palacio Valdés

Una mujer se convence mucho mejor de que es amada más por lo que adivina, que por lo que se le dice.

Ninón de Lenclos

El amor auténtico se encuentra siempre hecho. En este amor un ser queda adscrito de una vez para siempre y del todo a otro ser. Es el amor que empieza por el amor.

José Ortega y Gasset

En la guerra y el amor todo se vale.

Gabriel García Márquez

Uno no puede hacer nada por las personas que ama, sólo seguir amándolas.

Fernando Savater

Viajar sólo sirve para amar más nuestro rincón natal.

Noel Clarasó

Vivimos en el mundo cuando amamos. Sólo una vida vivida para los demás merece la pena ser vivida.

Albert Einstein

El amor es infiel, pero no desleal.

Gabriel García Márquez

Si el amor me hace perjuro, ¿cómo amor puedo jurar?

William Shakespeare

Son engañosos los caminos del amor.

Gabriel García Márquez

Si la música es el alimento del amor, tocad siempre, saciadme de ella, para que mi apetito, sufriendo un empacho, pueda enfermar y así morir.

William Shakespeare

El amor, la amistad y la caridad son motivos de la envidia y las calumnias del tiempo.

William Skakespeare

Y el cruel amor, a quien acaso ha cambiado en constante dulzura, la amargura de vivir.

Francesco Petrarca

Yo amo a aquel que desea lo imposible.

Johann Wolfang von Goethe

El amor es un mal innecesario.

Gabriel García Márquez

El mundo está divido entre los que aman bien y aman mal.

Gabriel García Márquez

Lo único que me duele de morir es que no sea de amor.

Gabriel García Márquez

Demasiado amar es tan malo como no tener amor.

Gabriel García Márquez

Si no recuerdas la más ligera locura en que el amor te hizo caer, no has amado.

William Shakespeare

Si queremos un mundo de paz y de justicia hay que poner decididamente la inteligencia al servicio del amor.

Antoine Saint-Exupéry

Si quitáis de los corazones el amor o lo bello, les quitaréis todo el encanto de vivir.

Jean-Jacques Rousseau

Poned atención: un corazón solitario no es un corazón.

Antonio Machado

Adiós para siempre tu monotonía, fuente, es más amarga que la pena mía.

Antonio Machado

Cosas de hombres y mujeres, los amoríos de ayer, casi los tengo olvidados, si fueron alguna vez.

Antonio Machado

Sin el amor, las ideas son como mujeres feas, o copias dificultosas de los cuerpos de las diosas.

Antonio Machado

¿Qué es amor? Me preguntaba una niña, contesté "verte una vez y pensar haberte visto otra vez".

Antonio Machado

Si en medio de las adversidades persevera el corazón con serenidad, con gozo y con paz, esto es amor.

Santa Teresa de Jesús

Si eres orgulloso conviene que ames la soledad; los orgullosos siempre se quedan solos..

Amado Nervo

Si no puedes trabajar con amor sino sólo con desgano, mejor será que abandones el trabajo y te sientes a la puerta del templo, a recibir limosna de los que trabajan con alegría.

Kahlil Gibrán

Yo amo a los hombres no porque son hombres, sino porque no son mujeres.

Cristina de Suecia

Yo amo, tú amas, él ama, nosotros amamos, vosotros amáis, ellos aman... Ojalá no fuese conjugación sino realidad.

Mario Moreno

Amor sin deseo es peor que comer sin hambre.

Jacinto Octavio Picón

Amor: sólo una eternidad que no se alcanza.

Percy Bysshe Shelley

Aprender música leyendo teoría musical es como hacer el amor por correo.

Luciano Pavarotti

Bajo su caparazón de cobardía, el hombre aspira a la bondad y quiere ser amado. Si toma el camino del vicio, es que ha creído tomar un atajo que le conduciría al amor.

John Ernest Steinbeck

El amor dice siempre lo mismo y no se repite nunca.

Anónimo

El amor empieza siempre por el amor.

William Shakespeare

El amor en Francia es una comedia; en Inglaterra, una tragedia; en Italia, una ópera y en Alemania, un melodrama.

Lady Marguerite Blessington

El amor es a menudo fruto del matrimonio.

Moliére

El amor es como el agua, si algo no lo agita, se hecha a perder.

D. Graft

El amor es como el fuego, que si no se comunica, se apaga.

Giovanni Papini

El matrimonio es la consecuencia lógica de un gran amor.

Rocío Jurado

El mayor obstáculo para el amor, es el temor secreto de no ser dignos de ser amados.

Anónimo

El mejor olor, el del pan; el mejor sabor, el de la sal; el mejor amor, el de los niños.

Graham Greene

El odio del contrario es el amor del semejante: el amor de esto es el odio de aquello. Así, pues, en sustancia, es una misma cosa odio y amor.

Giordano Bruno

El odio es el amor sin los datos suficientes.

Richard Bach

El odio es un medio, el amor es un fin.

María Angélica Bosco

El odio no disminuye con el odio. El odio disminuye con el amor.

Sidhartha Gautama

El placer es un pobre sustituto del amor.

Glauber Rocha

El primer amor es una pequeña locura y una gran curiosidad.

George Bernard Shaw

Odio y amor son, en todo, dos gemelos enemigos, idénticos y contrarios. Como hay un enamoramiento, hay (y no con menos frecuencia) un enodiamiento.

José Ortega y Gasset

Ouida amaba a Lord Lytton con un amor que convirtió la vida de él en un infierno.

Anónimo

Para el que ama, mil objeciones no llegan a formar una duda; para quien no ama, mil pruebas no llegan a constituir una certeza.

Louis Evely

Para la cólera y para el amor, todo lo que se aplaza se pierde.

Barón de Beaumarchais

Pobre amor al que la fantasía deja de hacerle compañía.

Arturo Graf

Cuando el amor es feliz lleva al alma a la dulzura y a la bondad.

Víctor Hugo

El amor que nace repentinamente más tarda en irse.

Jean de la Bruyére

El amor a lo don Juan no es más que afición a la caza.

André Maurois

Los hombres ofenden antes al que aman que al que temen.

Maquiavelo

La verdad es que amamos la vida, no porque estemos acostumbrados a ella, sino porque estamos acostumbrados al amor.

Friedrich Nietzsche

Nadie nos pertenece, salvo en el recuerdo.

John Updike

Nunca podrás pecar de amor.

Michel Quois

Amar de un modo altruista y sin inhibiciones de ninguna clase...
sólo lo hacen nuestros corazones mientras somos niños.

Boris L. Pasternak

El amor no tiene edad; siempre está naciendo.

Blaise Pascal

Si vosotros no ardéis de amor, habrá mucha gente que morirá de
frío.

François Mauriac

El amor abre todas las puertas; el rencor las cierra.

Fasto Cayo

Se necesita sólo un minuto para que te fijes en alguien, una hora
para que te guste, un día para quererlo, pero se necesita toda
una vida para que lo puedas olvidar.

Anónimo

Dejar de amar a una mujer es tanto como odiarla violentamente.

Théophile Gautier

Hay quien ha venido al mundo para enamorarse de una sola y determinada mujer y, consecuentemente, no es probable que tropiece con ella.

José Ortega y Gasset

Seducimos valiéndonos de mentiras y pretendemos ser amados por nosotros mismos.

Paul Geraldy

La gran estupidez de la humanidad consistió en considerar al amor como una idea. El amor es un instinto. Darle cerebro es afligirlo.

Godofredo de Alancar

El amor es, más bien, una confluencia de dos vidas que se unen con el afán de fundirse, confundirse en una sola.

Manuel García Morente

Lo que hace disfrutable una relación son los intereses comunes; lo que la hace interesante son las pequeñas diferencias.

Todd Ruthman

Cuando tu mayor debilidad es el amor, eres la persona más fuerte del mundo.

Garman Wold

El amor es invisible y entra y sale por donde quiere, sin que nadie le pida cuenta de sus hechos.

Miguel de Cervantes Saavedra

El amor es el único tesoro que no se saca con pico y pala.

Pedro Cruz López

La gran ambición de las mujeres es inspirar amor.

Moliére

El amor es el conflicto entre los reflejos y las reflexiones.

Magnus Hirschfeld

Hacer el amor entre dos enamorados no hace falta porque el amor entre ellos ya está hecho.

Anónimo

Es triste mirar al mar en una noche sin luna pero más triste es amar sin esperanza alguna.

J. Efraín Suazo

¿Sufre más aquél que espera siempre que aquél que nunca esperó a nadie?

Pablo Neruda

El amor nace de un flechazo; la amistad del intercambio frecuente y prolongado.

Octavio Paz

No puede ser bueno aquél que nunca ha amado.

Miguel de Cervantes Saavedra

No hay amor más grande que dar la vida por los amigos.

La Biblia. Jn. 15,13

Amar es un yo, que busca un vos, para formar un nosotros.

Anónimo

El físico nos ayuda a acercarnos a una persona a la que no conocemos, pero no a permanecer a su lado.

Estrella Moreno

Las cosas más bellas y mejores en el mundo, no pueden verse ni tocarse, pero se sienten en el corazón.

Helen Séller

Quiéreme cuando menos lo merezca, porque será cuando más lo necesite.

Dr. Jeckyll

Las chicas son amadas por lo que son; los jóvenes por lo que prometen ser.

Johann Wolfgang von Goethe

Mientras más juzgas, menos amas.

Honorato de Balzac

Nadie ama verdaderamente a Dios si no ama verdaderamente a algunas de sus criaturas.

Marguerite de Valois

Si quieres ser amado, sé adorable.

Ovidio

No hay nada más sano en esta vida nuestra, que el conocimiento del amor, el primer aleteo de sus alas de seda.

Henry Wadsworth Longfellow

El amor reconforta como el sol después de la lluvia.

William Shakespeare

El mayor obstáculo para el amor es el temor secreto de no ser dignos de ser amados.

Juan Pablo Valdés

El amor de los hijos nace del principio del placer, es decir, de la satisfacción de las necesidades.

Francesco Alberoni

Amor es despertar a una mujer y que no se indigne.

Ramón Gómez de la Serda

La persona a la que amamos no es solamente más hermosa y deseable que las otras. Es la puerta, la única puerta para penetrar en este nuevo mundo, para acceder a esta vida más intensa. Es a través de ella, en presencia de ella, que encontramos el punto de contacto con la fuente última de las cosas, con la naturaleza, con el cosmos y con lo absoluto.

Francesco Alberoni

Las querellas de los amantes renuevan el amor.

Terencio Publio

Poseo tres cualidades preciosas que guardo en mí como un preciado tesoro: la primera se llaman amor, la segunda modestia y la tercera humildad.

Lao Tsé

El amor, aunque parte de los deseos y de los sueños, es llamado, evocado por el futuro. Los grandes amores son aceleraciones del proceso de mutación, movimientos hacia delante.

Anónimo

El amor furtivo es tan agradable para un varón como para una mujer: el varón no sabe disimularlo, pero ella lo desea más escondidamente.

Nasón Ovidio

El amor en los hombres reflexivos, callados y virtuosos, prende casi con fortaleza.

Palacio Valdés

Dijo: Yo no amo a las mujeres. El amor hay que reinventarlo, todo mundo lo sabe.

Arthur Rimbaud

Las personas propensas a la melancolía son las más dotadas al amor.

Stendhal

Hay muchos remedios que curan el amor, pero ninguno infalible.

La Rochefoucauld

Cualquier persona entiende instintivamente que todos los más bellos sentimientos del mundo pesan menos que un simple acto de amor.

James Rusell Lowell

El estado naciente amoroso se diferencia del estado naciente de todos los demás movimientos precisamente porque es inflamado por el erotismo, porque produce el deseo espasmódico de la comunicación de los cuerpos, de la fusión de los cuerpos.

Francesco Alberoni

Para unos el amor es negocio, para otros equilibrio, para los muchos necesidad y para los menos, Dios.

Anónimo

Dios hizo el amor, los hombres la amistad.

Anónimo

El amor es un símbolo de eternidad. Barre todo sentido del tiempo, destruye todo recuerdo de un principio y todo temor a un fin.

Madame de Staël

El amor es igual que un árbol: se inclina por su propio peso, arraiga profundamente en todo nuestro ser y a veces sigue reverdeciendo en las ruinas del corazón.

Víctor Hugo

Ofrece un rostro sonriente y una palabra amable a todo el que se acerque a ti, sólo así conocerás el verdadero rostro del amor.

C. Torres

No interrumpas las manifestaciones de afecto de alguien que te quiere, por el hecho de que otras las vean inconvenientes.

Anónimo

Si en ciertos momentos necesitamos recibir, no olvides que habrá otros en los que tenemos la obligación de dar.

Anónimo

Las personas suelen tener todo el amor que buscan; basta esforzarse para darlo en igual intensidad.

Anónimo

El amor es una fuerza poderosa que invade nuestro ser, que tiene la dimensión que uno le quiera dar y que en todo momento va a vivir en nuestro corazón.

Anónimo

Ama a la gente por lo que es, no por lo que deseas que sea.

Anónimo

Cuando la pobreza entra por la puerta, el amor salta por la ventana.

John Clarke

El amor competitivo es producto del mecanismo de la pérdida y de la afirmación sobre los demás mecanismos amorosos.

Francesco Alberoni

En amor vence quien huye. Vence quien no ama, quien se hace buscar, quien da celos al otro.

Ludovico Ariosto

El amor para continuar necesita de algunos elementos positivos para alimentarse.

Francesco Alberoni

Del enamoramiento se pasa al amor a través de una serie de pruebas. Pruebas impuestas por el mundo exterior. Si son superadas avanza en el régimen de certezas cotidianas que llamamos amor.

Francesco Alberoni

El secreto del futuro, es el amor, un amor sincero y puro, un bello amor resuelve todo con la esperanza.

Anónimo

El amor es el principio de todo, la razón de todo, el fin de todo.

Juan Bautista E. Lacordaire

El amor es la única flor que brota y crece sin ayuda de las estaciones.

Kahlil Gibrán

El amor es el ala que Dios le ha dado al hombre para volar hasta él.

Anónimo

Quien es amado y no ama merece castigo. Quien ama y no es amado merece la dicha. Quien ama y no es amado merece el cielo.

A. Madrigal

El amor es un acto de fe, y quien tenga poca fe tendrá poco amor.

Erich Fromm

El verdadero amor no nace en una hora, ni da fuego su pedernal cada vez que quieres, sino que nace y se propaga despacio, tras la larga compenetración que lo afianza.

Ibn Hazn

El amor es lo único que nos llevamos cuando partimos y lo que hace el final más fácil.

Louise May A.

En el rocío de los pequeños detalles, el corazón encuentra el frescor de las mañanas.

Kahlil Gibrán

El amor es un gran muro de ladrillos colocados uno por uno y cada ladrillo da forma y refuerza toda la muralla.

Anónimo

No existe ninguna fórmula o método: aprendes a amar amando.

Aldous Huxley

Ningún amor en el mundo puede ocupar el lugar del amor.

Marguerite Duras

Siéntete feliz con la vida, porque te da la oportunidad de amar y trabajar, jugar y mirar hacia arriba y ver las estrellas.

Henry Van Dyke

Una palabra nos libera de todo el peso y el dolor de la vida. Esa palabra es el amor.

Sófocles

Cuando las personas logren hacer todo con amor, sabrán qué es la felicidad verdadera.

Anónimo

El amor halla sus caminos, aunque sea a través de senderos por donde ni los lobos se atreverían a seguir su presa.

George Gordon

En el verdadero amor no manda nadie: obedecen los dos.

Anónimo

Envejece el cuerpo, pero el buen amor permanece joven.

Joris Karl Huysmans

El nacimiento del amor como todo acontecimiento es obra de la naturaleza. Después el arte interviene.

Anónimo

Amor es, entre todos los sentimientos del alma, el que más se parece a la eternidad, el que más nos acerca a ella.

José Vasconcelos

Amar nuestra patria, nuestra tierra, es tener arraigo, como un árbol que con sus raíces se alimenta se sostiene para crecer dignamente con libertad.

Anónimo

Cómo disfruto esos momentos que comparto con los señores de experiencia, las personas mayores me llenan de admiración, de amor, y aprendo tanto.

Anónimo

Me estoy muy agradecido de haber empapado mi vida de amor, éste me ha salvado de caer muchas veces.

Anónimo

Soy ciudadano del mundo amando a mi prójimo. Para el amor no existen fronteras, ni idiomas, ni color de piel.

Anónimo

Yo hago de la vida una experiencia maravillosa, la condición la conozco... llenarla de amor.

Anónimo

El amor tiene dos leyes: la primera, amar a los otros, la segunda: eliminar de nosotros aquello que impide a los otros amarnos.

Alexis Carrel

El amor tiene un poderoso hermano; el odio. Procura no ofender al primero porque el otro puede matarte.

F. Heumer

El amor no quiere ser agradecido ni compadecido. El amor quiere ser amado porque sí y no por razón alguna, por noble que ésta sea.

Miguel de Unamuno

El amor no se manifiesta con el deseo de acostarse con alguien, sino en el deseo de dormir junto a alguien.

Milán Kundera

El amor no sólo convierte a un hombre en un ser ciego sino también en bueno o malo.

Aschneider-Arno

El amor no tiene medida para el tiempo, germina y florece en una hora feliz.

Theodor Kiore

El amor no tiene razones y la falta de amor tampoco; en amor todos son milagros.

Eugene O'Neill

El amor o el odio hacen que el juez no conozca la verdad.

Aristóteles

El amor perfecto tiene esta fuerza: que olvidamos nuestro contento para contentar a quien amamos.

Santa Teresa de Jesús

El amor propio es el más grande de todos los aduladores.

Walter Scott

El amor propio es un malvado. El amor propio es un traidor, que siempre nos está adulando y nos induce al error.

Giuseppe Baretti

El amor puede esperar todavía cuando la razón desespera.

George Lytellton

El amor puede hacerlo todo y también lo contrario de todo.

Alberto Moravia

El amor puede ser un pasatiempo y una tragedia.

Isadora Duncan

El amor que nace súbitamente es el más tardo de curar.

Jean de la Bruyére

El amor que razona es un niño que no puede vivir, porque tiene demasiada inteligencia.

Elías Bertrand

El amor requiere talento como cualquier otra cosa.

Alexander von Keyserling

El amor sabe compadecer, la amistad sabe curar.

Madame Barratin

El amor se descubre con la práctica de amar y no con las palabras.

Anónimo

El amor se hace con el corazón y se deshace con los sentidos.

Emilio Aragón

El amor se parece al mar, unas veces nos divierte y otras somos juguetes suyos.

Anónimo

El amor siempre llega cuando tienes una lágrima a punto y no la puedes llorar.

Anónimo

El amor sin admiración sólo es amistad.

Georges F.

El amor y la fe en las obras se ve.

Jeans Simon

El amor y la verdad son dos caras de la misma moneda.

Gandhi

El amor, en el hombre, comienza de una exaltación de su amor y a veces no pasa de ahí.

Anónimo

El buen tiempo y el amor son dos cosas de las cuales no podemos estar seguros.

Alice Hoffman

El cristianismo ha hecho mucho por el amor, convirtiéndolo en pecado.

Anatole France

El odio del contrario es el amor del semejante: el amor de esto es el odio de aquello. Así pues, en sustancia son una misma cosa odio y amor.

Giordano Bruno

El talento es una cuestión de amor.

Schneider

El tedio es una tristeza sin amor.

Nicollo Tommaso

El único amor perfecto es aquel del padre por su hijo.

Enzo Ferrari

El único cemento sólido para unir a los hombres es el amor. La sociedad debería encerrar o suprimir a aquéllos que siembran la discordia: el odio.

Alexis Carrel

El verdadero amor existe, claro que sí, pero existe en el matrimonio, como árbol está en la semilla. Esto la sociedad no puede admitirlo.

Jacques de Bourbon

En amor han de ser más atrevidos los gestos que las palabras: asustan menos.

André Maurois

En amor, primero mi caballo.

José Vasconcelos

En amor, el principio es maravilloso. Por eso encontramos tanto placer en volver a comenzar de nuevo.

De Limgue

En amor, tan a destiempo llega el que va demasiado deprisa como el que va demasiado despacio.

William Shakespeare

En asuntos de amor los locos son los que tiene más experiencia. De amor no preguntes nunca a los cuerdos, los cuerdos aman cuerdamente, que es como no haber amado nunca.

Jacinto Benavente

En cosas del amor, la constancia es necesaria, la fidelidad un lujo.

Massimo D'Azeglia

En cuanto al amor no existe más que una sabiduría: creer. Y tal sabiduría es una locura.

Paul Bourget

En el amor es lo mismo que en la guerra. Plaza que parlamenta está media conquistada.

Margarita de Valois

En el amor todo ha terminado cuando uno de los amantes piensa que sería una posible ruptura.

Paul Bourget

En el amor el que gana una discusión es el que se niega a pelear.

Anónimo

En el amor, todas las cumbres son borrascosas.

Marqués de Sade

En el arte como en el amor la ternura es lo que da la fuerza.

Óscar Wilde

En el fondo de cada alma existen tesoros escondidos que solamente descubre el amor.

Edouard Rod

En el mar, como en el amor suele ser mejor seguir una corazonada que obedecer a una biblioteca.

John Hale

En la amistad y en el amor se es más feliz con la ignorancia que con el saber.

William Shakespeare

En la bandera de la libertad bordé el amor más grande de mi vida.

Federico García Lorca

En la medida en que el sufrimiento de los niños esté permitido, no existe amor verdadero en este mundo.

Isadora Duncan

En la venganza como en el amor, la mujer es más bárbara que el hombre.

Friedrich Nietzsche

En los inicios de un amor los amantes hablan del futuro, en las postrimerías del pasado.

André Maurois

En vez de amor, dinero o fama, dame la verdad.

David Thoreau

Entre un hombre y una mujer hay una sola razón: el amor. Sin el amor ninguna otra cualidad sirve de nada, no hace falta nada más. Es decir, sí hace falta la continuidad del amor, pero este es un problema que el hombre nunca ha sabido cómo se resuelve.

Jean Anouilh

Las mujeres son en toda la tierra criaturas de amor. Lo que ocurre es que la mayor parte de los hombres son demasiado tontos para seguir el juego y de aquí el involuntario monopolio de unos pocos.

Hermann Alexander von K.

Las riñas de los enamorados avivan el amor.

Publio Terencio

Lo blando es más fuerte que lo duro, el agua es más fuerte que la roca, el amor es más fuerte que la violencia.

Hermann Hesse

Lo cierto es que malgastamos nuestra fuerza en perseguir el amor, éste huye igual que un ave.

Henryck Sienkiewicz

Lo que mayor tacto debería tener en nosotros es el amor propio, y es el que menos tiene.

B. D. Aurevilly

Lo único peor que estar enamorado es no estar enamorado.

Paul Hurgan

Lo único que hace falta para que los hombres descubran al amor es tener demasiado cerca a una mujer; y lo único que hace falta para que este amor se disipe es seguir teniéndola demasiado cerca.

Noel Clarasó

Lo verdaderamente mágico del primer amor es la absoluta ignorancia de que alguna vez ha de terminar.

Balzac

Los amantes experimentados saben que el amor se anuncia incluso antes de aparecer.

Anónimo

Los amores mueren de hastío y el olvido los entierra.

La Bruyére

Los celos sobreviven al amor y a veces lo rescatan.

Anónimo

Los celos son el amor propio de la carne.

Etienne Rey

Los efectos del amor o de la ternura son fugaces, pero del error, los de un solo error nunca se acaban, como una cavernícola enfermedad sin remedio.

Antonio Muñoz Molina

Los ejemplos son como las canciones de amor: dicen mucho pero no demuestran nada.

Matt Prior

Los hombres aprenden a amar a las mujeres que desean y las mujeres aprenden a desear a los hombres que aman.

Anónimo

Los hombres mueren de cuando en cuando y los gusanos se los comen, pero no es de amor de lo que fallecen.

William Shakespeare

Los hombres quieren ser el amor de la mujer, las mujeres más inteligentes quieren ser el último amor del hombre.

Óscar Wilde

Los hombres se cansan antes de dormir, de amar, de cantar y bailar que de hacer la guerra primero.

Homero

Los hombres tienen el poder de elegir, las mujeres , el privilegio de rechazar.

Jane Austen

Lo malo del amor es que muchos lo confunden con la gastritis, y cuando se han curado de la indisposición, se encuentran con que se han casado.

Groucho Marx

Lo más triste del amor es que no puede durar siempre, sino que las desesperaciones son también olvidadas pronto.

William Faulkner

Lo que el amor hace, él mismo lo excusa.

Moliére

Lo que hace que la mayoría de las mujeres sean tan poco sensibles a la amistad es que la encuentran insípida luego de haber probado el gusto del amor.

La Rochefoucauld

Lo que importa es cuánto amor ponemos en el trabajo que realizamos.

Agnes Gonxno

Los hombres van en dos bandos: los que aman y fundan y los que odian y deshacen.

Manuel Fraga

Los inteligentes entienden, los que aman comprenden.

René Trossero

Los maridos nunca son amantes tan maravillosos como cuando están traicionando a su mujer.

Marilyn Monroe

Los niños adivinan qué personas los aman. Es un don natural y con el tiempo se pierde.

Paul de Koch

Los niños comienzan por amar a los padres, cuando ya han crecido, los juzgan, y algunas veces hasta los perdonarán.

Óscar Wilde

La gente adora detestar a quienes ama.

Pascal Bruckner

Los que tienen alguna fortuna piensan que lo más importante en el mundo es el amor. Los pobres saben que es el dinero.

Gerald B.

Los satisfechos, los felices, no aman; se duermen en la costumbre.

Miguel de Unamuno

Más se unen los hombres para compartir un mismo odio que para compartir un mismo amor.

J. Benavente

Me enamoré de mi mujer y nunca más me volví a enamorar. La fidelidad te la propones inconscientemente: tienes una familia, unos hijos; ¿cómo vas a jugar al amor por ahí?

Paco de Lucía

Mi idea del amor consiste siempre en estar participando del trato de aquella persona amada, de compartir fantasías, toda mi felicidad, y todos mis cuidados.

André Maurois

Mientras el corazón tiene deseos, la imaginación conserva ilusiones.

René de Chateaubriand

Mientras el hombre se tortura pensando cuáles serán las reacciones de la mujer amada, ella se tortura pensando cómo es que tarda tanto en manifestarse.

André Maurois

El amor produce una geografía sacra del mundo. Ese lugar, esa casa, ese punto de observación sobre el mar o sobre los montes, se convierten en símbolos sagrados del amado o del amor.

Francesco Alberoni

En el matrimonio lo principal no es amarse, sino conocerse.

Anónimo

La democracia como el amor, puede sobrevivir a cualquier ataque, menos al abandono y a la indiferencia.

Anónimo

El enamorado celoso soporta mejor la enfermedad de su amante que su libertad.

Marcel Proust

La ausencia disminuye las pequeñas pasiones y aumenta las grandes, lo mismo que el viento apaga las velas y aviva las hogueras.

Aziyade

Es más fácil resistir el primer deseo que a todos los que le si-
guen.

Anónimo

La mayoría de las cosas que te digo no tienen sentido, sólo las
digo para acercarme a ti.

John Lennon

La posesión es el sepulcro del deseo.

De Bugi

Una mujer que es amada siempre tiene éxito.

Vicky Baum

El amor nace de nada y muere de todo.

Jean-Baptiste Alphonse Karr

Un amigo fiel es un alma en dos cuerpos.

Aristóteles

Nunca estamos más lejos de nuestros deseos que cuando nos imaginamos poseer lo deseado.

Johann Wolfgang von Goethe

El amor abre el paréntesis, el matrimonio lo cierra.

Víctor Hugo

El amor es como la fiebre: brota y aumenta contra nuestra voluntad.

Stendhal

Soportaría gustosa una docena más de desencantos amorosos, si ello me ayudara a perder un par de kilos.

Marie H. Colette

En el amor no basta atacar; hay que tomar la plaza.

Publio Ovidio Nasón

Hay labios tan finos que en vez de besar cortan.

Paul Bourget

Es el cambio, no el amor, lo que hace avanzar el mundo. El amor sólo lo mantiene habitado.

Anónimo

El amor es la actividad del ocioso y el ocio del hombre activo.

George Bulwer-Lytton

La mayor declaración de amor es la que no se hace; el hombre que siente mucho habla poco.

Platón

El amor no tiene cura, pero es la única medicina para todos los males.

Leonard Cohen

Felicidad es el sueño del amor y tristeza su despertar.

Condesa de Touchimbert

Las pasiones no se curan por la razón sino por otras pasiones.

Anónimo

Guarda el beso de la mujer; es un tesoro que te ha dado.

Aziyade

El amor no es más que una curiosidad.

Giovanni Giacomo Casanova

Sólo hay un tipo de amor que permanece; el amor no correspondido. Ese no te abandona nunca.

Woody Allen

Es el amor una tormenta de fuego que la lluvia de la rutina apaga con la complicidad del tiempo.

Anónimo

La belleza es la llave de los corazones. La coquetería es la ganzúa.

André Majon

La belleza, como la sabiduría, ama al adorador solitario.

Óscar Wilde

No se comienza a ser amigo hasta que no se comienza a amar.

San Agustín

El corazón es el órgano más tosco del organismo. La ternura está en las manos.

Carolyn Forche

Cuando un hombre está enamorado o endeudado, la ventaja es de alguien más.

Bill Ballance

El matrimonio se parece a la tijera, cuyas hojas están tan unidas que no se les puede separar. Aunque se mueven en direcciones contrarias, siempre castigan a quien se interpone entre ellas.

Sydney Smith

Donde existe un gran amor, siempre se producen milagros.

Willa Cather

Quizá el único vislumbre de eternidad que se nos permite sea el amor.

Edna Ferber

Cuando se está seguro del amor de una persona, se va siempre por el mundo convencido del afecto de todo.

Anónimo

El amor es la piel sensible de la prisa por vivir.

Anónimo

Si ninguno de nosotros dos puede dominar al otro, el amor nuestro será imposible.

Anónimo

El valor de la amistad es como el de la salud; no la estimamos hasta que la perdemos.

Colton

El verdadero amigo no es el que te seca las lágrimas, sino el que evita que las derrames.

Anónimo

En el verdadero amor no manda nadie; obedecen los dos.

Alejandro Casona

Es mucho mejor sufrir y hacer el ridículo por ella, por una mujer viva, que tener un fantasma sentado año tras año en el corazón.

Federico García Lorca

Necesito tu amor. Dámelo un día. Aunque sea muy cerca de la muerte.

Ernestina de Champourcin

Aquel santo y venerable nombre de la amistad.

Ovidio

El primero y el último de nuestros amores es el amor propio.

Bovee

Un amigo puede considerarse como la obra maestra de la naturaleza.

Emerson

Cuando amamos, servimos; cuando servimos, se puede decir que somos indispensables. Así que ningún hombre es inútil mientras tiene un amigo.

Stevenson

En el amor, sólo el principio es maravilloso. Por eso encontramos tanto placer en volver a comenzar de nuevo.

De Lingue

El amor y el odio no son ciegos, sino que están cegados por el fuego que llevan dentro.

Friedrich Nietzche

El verdadero amor es la fruta madura de toda una vida.

Lamartine

Es curioso este juego del matrimonio. La mujer tiene siempre las mejores cartas y siempre pierde la partida.

Óscar Wilde

Los amantes se arrojan, por fin, en brazos del otro. Pero no se necesita mucho arte para llegar ahí, sólo coraje y habilidad. En cambio se requiere reflexión, sabiduría y paciencia para desafiar el hastío que sigue por lo común a la satisfacción del deseo.

Kierkegaard

Amar es el más poderoso hechizo para ser amado.

B. Gracián

Amor: sólo una eternidad que no se alcanza.

Percy Bysche

Cuando la edad enfría la sangre y los placeres son cosa del pasado, el recuerdo más querido sigue siendo el último, y nuestra evocación más dulce, la del primer beso.

Lord Byron

El amor nace del deseo respetuoso de hacer eterno lo pasajero.

R. G. De la Serna

El amor es una celda. Pero con sus puertas abiertas.

Rabindranath Tagore

No necesito amigos que cambien cuando yo cambio, y asientan cuando yo asiento; mi sombra lo hace mucho mejor.

Plutarco

El esplendor de una amistad no radica en una mano extendida, en la bondad de una sonrisa o en el placer de una compañía, sino en la inspiración del espíritu al descubrir que alguien cree en nosotros y está dispuesto a brindarnos su confianza.

Emerson

La verdad es que amamos la vida, no porque estemos acostumbrados a ella, sino porque estamos acostumbrados al amor.

Friedrich Nietzche

Nunca podrás pecar de amor.

Michel Quois

El amor es el conflicto entre los reflejos y las reflexiones.

Magnus Hirschfield

No dejes tu amor al borde del precipicio.

Rabindranath Tagore

Hay dos tipos de amor: el altruista y el egoísta. El primero sólo trae desgracias, el segundo no lo conozco.

Anónimo

POEMAS

Epílogo de la suerte de los amores

Amor empieza por desasosiego,
solicitud, ardores y desvelos;
crece con riesgos, lances y recelos,
sustentase de llantos y de ruego.

Doctrinante tibiezas y despego,
conserva el ser entre engañosos velos,
hasta que con agravios o con celos,
apaga con sus lágrimas su fuego.

Su principio, su medio y fin es éste;
pues ¿por qué, Alcino, sientes el desvío
de Celia, que en otro tiempo bien te quiso?
¿Qué razón hay que dolor le cueste,
pues no te engañó amor, Alcino mío,
sino que llegó el término preciso?

Sor Juana Inés de la Cruz

¿Qué tienes, qué tenemos, qué nos pasa?
nuestro amor es una cuerda dura
que nos amarra hiriéndonos,
y si queremos salir de nuestra herida,
separarnos nos hace un nuevo nudo
y nos condena a desangrarnos
y quemarnos juntos.

Anónimo

Amar de vez en vez
con todos los sentidos abiertos
a sueños y fulgores...

Víctor Sandoval

Dime desde allá abajo,
la palabra te quiero.
¿Hablas bajo la tierra?

Miguel Hernández

No puedo tenerte ni dejarte;
ni sé por qué al dejarte o al tenerte
se encuentra un no sé qué para quererte
y muchos sí sé qué para olvidarte.

Sor Juana Inés de la Cruz

Que le ardan cirios de cera,
cuatro, todos de seis libras;
que le pongan muchas flores,
que le digan muchas misas,
mientras yo me arranco el alma,
para hacerle compañía.

Anónimo

Aquí te amo,
en los oscuros pinos se desenreda el viento,
fosforece la luna sobre las aguas errantes,
andan días iguales persiguiéndose...

Pablo Neruda

Aquél que ama, él mismo se ata y se mata,
y se hace de señor siervo, en tanto que todos
cuantos ve se piensa que le usurpan su amor,
y con muy poca superstición todo en su corazón
se perturba y se le revuelve de dentro.

Alfonso Martínez de Toledo

Los suspiros son aire y van al aire.
Las lágrimas son agua y van al mar,
dime mujer, cuando el amor se olvida,
¿sabes adónde va?

Gustavo Adolfo Bécquer

Es hielo abrazador, es fuego helado,
es herida que duele y no se siente,
es un soñado bien, un mal presente,
es un breve descanso muy cansado.

Francisco de Quevedo

El amor es siempre paciente y bondadoso;
nunca es celoso;
el amor nunca es jactancioso u orgulloso;
nunca es brusco o egoísta;
nunca se siente ofendido, ni resentido.
El amor no se solaza con los pecados de la gente,
sino se deleita con la verdad;
siempre está dispuesto a perdonar,
a confiar y a esperar, y a soportar lo que venga.
El amor no termina.

Corintios 13:4-8

Hay quien arroja piedras en mi techo
y después esconde hipócritamente
las manos presurosas...

Yo no tengo piedras,
pues sólo hay en mi huerto rosales
de olorosas frescas y tal es mi condición,
que aún escondo la mano tras de tirar las rosas.

Amado Nervo

¡Ah vastedad de pinos, rumor de olas
                (Quebrándose.)
Lento juego de luces, campana solitaria.
Crepúsculo cayendo en tus ojos, muñeca.
Caracola terrestre, ¡En ti la tierra canta!

En ti los ríos cantan y mi alma en ellos huye
como tu lo desees y hacia donde tu quieras.
Márcame mi camino en tu arco de esperanza
y soltaré en delirio mi bandada de flechas.

En torno a mí estoy viendo tu cintura de niebla,
y tu silencio acosa mis horas perseguidas,
y eres tu con brazos de piedra transparente
donde mis besos anclan y mi húmeda ansia anida.

¡Ah! Tu voz misteriosa que el amor tiñe y dobla
en el atardecer resonante y muriendo
así, en horas profundas, sobre los campos he visto
doblarse las espigas en la boca del viento.

Pablo Neruda

...Tal vez ella muera
sabiendo que no la aman
siendo yo un cobarde cualquiera
de no hacerle saber lo que la amaba.

Anónimo

Sé que te quiero, de eso estoy segura
pero en un sentimiento
siempre queda una duda
de que esa persona te quiera
como tú lo esperas.

Estoy contigo por una razón,
sólo una, ya que en ella
interfiere mi corazón;
no hago uso del pensamiento
porque me gana la emoción.

Anónimo

Tú llegaste a mi vida y la cambiaste;
en mi alma y en mi piel quedaron sólo heridas,
hoy comienzo a olvidarte porque nada me entregaste,
me siento defraudado porque ahora sé que tú no me
[querías.

Anónimo

Dios es amor, y con una misma palabra expresa el
amor del hombre a su esposa, el amor a sus compañeros, el amor a sus enemigos. Y toda la Biblia nos
enseña que amamos con sinceridad cuando nos ha-
cemos totalmente responsables del otro; no hay amor
sin duración, fidelidad y perdón.

La Biblia. Ef, 5,25

La fe, la esperanza y el amor. El mayor de los tres es el amor. Bien es cierto que el amor es el más importante, pero se tratará del amor que llegará a su perfección cuando accedamos a la presencia de Dios.

La Biblia. Corintios

Esta noche un amor nace,
Niño Dios, pero no ciego
y tan otro al fin que hace
paz su fuego
con las pajas en que yace.

Góngora

El amor es una compañía,
Yo no sé andar solo los caminos...
Hasta la ausencia de ello es una cosa que está
                                       [conmigo.]
Y tanto ella me gusta que ya no sé cómo desearla.

Fernando Pessoa

Amaos los unos a los otros

No sé si es amor que tienes, o amor que finges,
Lo que me das. Me lo das. Tanto me basta.
Ya que no por tiempo
Sea yo joven por yerro...

Fernando Pessoa

Un coqueteo

Juanita– Ya se echa de ver que usted es abogado.
Adolfo– ¿En qué?
Juanita– En que busca bien las callejuelas para ir por
donde le conviene.
Adolfo– ¿Me contesta usted?
Juanita– A eso, no. Lo que le ruego, por última vez...
Adolfo– Sí, ya me marcho. Perdóneme. Es que es-
toy saboreando a mis anchas el placer de hablarle sin
testigos, de contemplarla a gusto de mis ojos...
Juanita– Por Dios Adolfo...
Adolfo– Pues es preciso que hablemos mucho, mu-
cho, pero no donde puedan estar veinte oídos escu-
chando nuestras palabras, sino en un lugar apartado,
solo, tranquilo...
¿Dónde podríamos hablar de esta manera usted y
yo?
Juanita– (*Saliendo detrás de las cortinas*) ¡Señor,
en mi reja!

J. Álvarez Quintero

Volverán del amor en tus oídos
Las palabras ardientes a sonar;
Tu corazón, de su profundo sueño
Tal vez despertará;
Pero mudo y absorto y de rodillas,
Como se adora a Dios ante su altar,
Como yo te he querido... desengáñate;
¡así no te querrán!

Gustavo Adolfo Bécquer.

Yo no puedo darte más.
No soy más de lo que soy...

Pedro Salinas

Déjame en paz, Amor tirano,
Déjame en paz...

Luis de Góngora y Argote

... porque entre un labio y otro colorado
amor está, de su veneno armado,
cual entre flor y flor siempre escondida...

Luis de Góngora y Argote

...Amor con tales armas me ha rendido;
¡ay armas celestiales! ¡ay, mi vida!
Yo soy, yo quiero ser tu prisionero.

Juan Meléndez Valdés

...Un recuerdo de amor que nunca muere
Y está en mi corazón: un lastimero
tierno quejido que en el alma hiere,
eco suave de su amor primero...

José de Espronceda

...El amor, que es espíritu de fuego
que de callada noche se aconseja
y se nutre con lágrimas y ruego,
en tus purpúreos labios se escondió...

Juan Arolas

Tú para mí, yo para ti bien mío
—murmurabais los dos—,
es el amor la esencia de la vida,
no hay vida sin amor.

Rosalía de Castro

¿Qué es sin ti el mundo? Un valle de amargura.
¿Y contigo? Un edén.

Ramón de Campoamor

Tuvo un amor, hizo un poema,
Y murió pobre; lo demás
no hace al caso; en su vida no hay más
que sufrimiento y diadema...

Jorge Marquina

Ambición no la tengo. Amor, no lo he sentido.
...No ardí nunca en un fuego de fe ni gratitud.
Un vago afán de arte tuve... Ya lo he perdido.
Ni el vicio me seduce ni adoro la virtud...

Manuel Machado

...En el corazón tenía
la espina de una pasión;
logré arrancármela un día;
ya no siento el corazón...

Antonio Machado

Gracias amor, por esta serena desventura,
¡Qué bien hallado estoy con mi desesperanza!...

Juan Ramón Jiménez

Renaceré yo piedra,
Y aún te amaré, mujer a ti.
Renaceré yo viento,
Y aún te amaré, mujer, a ti.
Renaceré yo ola,
Y aún te amaré, mujer, a ti.
Renaceré yo fuego,
Y aún te amaré, mujer, a ti.
Renaceré yo hombre,
Y aún te amaré, mujer a ti.

Juan Ramón Jiménez

Voy, Amor... ¡Con qué afán mis deseos bajaron
[a abrirte!
Entra, Amor; francas tengo mis puertas para
[recibirte...

Tomás Morales

Escrútame los ojos, sorpréndeme la boca,
sujeta entre tus manos esta cabeza loca;
dame a beber veneno, el malvado veneno
que te moja los labios, a pesar de ser bueno...

Alfonsina Storni

No me ruegues que te deje, y me aparte de ti:
porque donde quiera que tú fueres iré yo;
y donde quiera que vivieres, viviré.
tu pueblo será mi pueblo, y tu Dios mi Dios.

Biblia. Ruth 1:16

Mi niña tiene los ojos oscuros, profundos y vastos,
¡como tú, Noche inmensa, iluminados como tú!
Sus fuegos son esos pensamientos de Amor, mez-
clados de Fe,
que brillan en el fondo, voluptuosos o castos.

Charles Baudelaire

El amor está sentado en el cráneo
de la humanidad,
y en este trono el profano,
de risa descarada,
sopla alegremente redondas burbujas
que suben en el aire,
como para unirse a los mundos
al fondo del éter.

Charles Baudelaire

Y dije: "Quiera Amor, quiera mi suerte,
Que nunca duerma yo, si estoy despierto,
Y que si duermo, que jamás despierte".

Francisco de Quevedo y Villegas

El primer beso
Que supo a beso y fue
para mis labios niños
como la lluvia fresca,
¿está en ti,
noche negra?

Federico García Lorca

Verde que te quiero verde,
Verde viento. Verdes ramas.
El barco sobre la mar
y el caballo en la montaña.
Con la sombra en la cintura
ella sueña en su baranda,
verde carne, pelo verde,
con ojos de fría plata.
verde que te quiero verde.
bajo la luna gitana,
las cosas la están mirando
y ella no puede mirarlas.

Federico García Lorca

Cuando la mujer, llevada un instante, lo espanta,
amor, llamada de vida y canción de acción,
acuden la Musa verde y la Justicia ardiente
a desgarrarle de su augusta obsesión.

Arthur Rimbaud

Ociosa juventud
a todo esclavizada,
por delicadeza
yo he perdido mi vida.
¡Ah! Que llegue el tiempo
en que los corazones se enamoren.

Arthur Rimbaud

¡Blanca flor! De tu cáliz risueño
la libélula errante del Sueño
alza el vuelo veloz, ¡blanca flor!
Primavera su palio levanta,
y hay un coro de alondras que canta
la canción matinal del amor.

Rubén Darío

En verdad te amo con los ojos,
que descubren en ti mil fealdades,
pero este corazón que desvaría,
adora lo que ellos más desprecian.

William Shakespeare

Alaba lengua, a la musa terrestre,
canta su nombre y sus virtudes,
en el estilo que tú prefieras,
porque tanto las lenguas diestras como
las torpes son favorecidas; alaba
su porte y sus modales bruscos…

W. H. Auden

Vuelve muchas veces y tómame,
sensación amada, vuelve y tómame,
cuando el recuerdo del cuerpo despierta
y un viejo deseo recorre la sangre;
cuando los labios y la piel recuerdan,
y sienten las manos como si de nuevo palparan.
Vuelve muchas veces y tómame en la noche,
cuando los labios y la piel recuerdan…

C. P. Cavafis

REFRANES

El amor y el vino sacan al hombre de tino.

El amor y los celos son compañeros.

Amor es una pequeña palabra; las personas la hacen grande.

El amor que murió no era amor.

Más vale amar y perder, que nunca haber amado.

De la amistad al amor sólo hay un beso.

Cuanto más queremos a los amigos, menos los alabamos; cuanto menos los queremos, más los alabamos.

No sabes lo que quieres a una persona hasta que la pierdes.

El que quiere estudiar amor, se queda siempre en alumno.

Boda y mortaja del cielo bajan.

Amor y fortuna, resistencia ninguna.

A amante que no es osado, dale de lado.

A mucho amor, mucho perdón.

Ama al grado que quieras ser amado.

Amor a todos, confiar, en nadie.

Amor con casada, sólo de pasada.

Amor con casada, vida arriesgada.

Amor sin celos, no lo dan los cielos.

Amor, viento y ventura, poco dura.

La menta, el amor aumenta.

Mal vecino es el amor, y donde no lo hay es peor.

Más vale pan con amor, que gallina con dolor.

Huerta sin agua, y mujer sin amor, no sé qué será peor.

No hay luna como la de enero, ni amor como el primero.

Mal señal de amor, huir y volver la cara.

Para el amor y la muerte no hay cosa fuerte.

Rencillas entre amantes, mayor amor que antes.

A las diez en la cama estés, mejor antes que después.

A quien no ama a sus pariente, deberían romperle los dientes.

A mucho amor, mucho perdón.

En amor, las disputas valen más que el elogio.

PROVERBIOS

Al amor, como una cerámica, cuando se rompe, aunque se reconstruya, se le conocen las cicatrices.

Proverbio griego

El amor y la tos no pueden ocultarse.

Proverbio italiano

El beso es al amor, lo que el rayo al trueno.

Proverbio popular

Ama a quien no te ama, responde a quien no te llama, andarás carrera vana.

Proverbio popular

Mejor amar poco a condición de amar siempre.

Proverbio popular

A veces el amor perfecto llega con el primer nieto.

Proverbio popular

Huye de las malas mujeres.
Miel destilan los labios de la mujer extraña, y es su paladar más suave que el aceite.
Pero su fin es amargo como el ajenjo, punzante como espada de dos filos.

Salomón

El odio enciende las contiendas, mientras que el amor encubre las faltas.

Salomón

Da un beso en los labios quien da una buena respuesta.

Salomón

La mujer fuerte, ¿quién la hallará? Vale mucho más que las perlas.

Salomón

Un amigo es el que te da, pero no te pide.

Anónimo

La única forma de conseguir un amigo, es serlo.

Anónimo

La amistad noble, es una obra maestra a dúo.

Anónimo

Amar es admirar con el corazón; admirar es amar con la mente.

Anónimo

Después de vivir mucho tiempo juntos, los animales acaban por amarse y los hombres por odiarse.

Proverbio chino

El amor de un hombre por una mujer se desvanece como la luna, pero el amor de un hermano por un hermano es permanente como las estrellas y perdura como la palabra del poeta.

Proverbio árabe

El amor de un yérno y el sol de invierno, tienen el mismo calor.

Proverbio alemán

El amor es como la luna, cuando no crece, mengua.

Proverbio portugués

El amor hace pasar el tiempo; el tiempo hace pasar el amor.

Proverbio italiano

El amor y la tos no pueden ocultarse.

Proverbio italiano

El espíritu camina más que el corazón, pero no va tan lejos.

Proverbio chino

El amor es una enfermedad. Si no se acaba pronto con él, termina por acabar con nosotros.

Proverbio popular

Un amigo es con quien se puede hacer nada y disfrutar de ello.

Proverbio popular

AMORES CURIOSOS

Sólo amor

Sólo si amas serás feliz, y sólo amarás si eres feliz.

Amor es un estado que no elige a quien amar, sino que se ama porque es lo único que se puede hacer.

Oír un solo instrumento en la sinfonía del amor es privarse de la armonía del concierto.

Amor es escuchar a todos.

Anthony de Mello

El amor es la llave que le da libertad al alma, y es la alquimia que aun sin transformar el corazón en oro, logra convertirlo en un pozo inagotable de luz.

Porque:

Quien es amado y no ama, merece castigo.
Quien ama y es amado, merece la dicha.
Quien ama y no es amado merece el cielo.

A. Madrigal

Amor por largo rato

Yo no paro de maravillarme de todo aquél que pretende haberse enamorado por una sola mirada, ni atino a darle crédito, no puedo concebir que tal amor llegue a lo más secreto del alma ni penetre las entretelas del corazón.

El verdadero amor no nace en una hora, ni da fuego su pedernal siempre que quieres, sino que nace y se propaga despacio, tras la larga compenetración que lo afianza.

El amor es una afinidad entre las almas, es un ave que siempre canta, aunque la estación no sea primavera y que no emigra de un continente a otro sino de un corazón a otro.

Ibn Hazn

Amemos toda la creación de Dios, todos y cada uno de los granos de arena.

Amemos cada hoja, cada rayo de luz de Dios. Amemos los animales, las plantas y todo.

Si amamos todas las cosas, percibiremos el divino misterio de lo que nos rodea. Una vez percibidas, empezaremos a comprender mejor cada día.

Y llegaremos al fin, a amar a todo el mundo con un amor verdadero.

F. Dostoievski

La sonrisa

Dame señor el don de la sonrisa para alegrar a todos y para ser feliz; para tener que darle al pobre lo que me pide, e iluminar a todo el que se acerque a mí.

Dame tu sonrisa, Señor, para comunicar con ella los dones que me das. Repartiendo sonrisas pasaré por la vida, para que todos sepan que cuanto hay de bueno en esta vida proviene de tu Amor.

Anónimo

El amor: sentimiento tan especial que en ocasiones no se puede alcanzar, cosas hermosas y eternas pueden suceder, pero sólo una de ellas puede ser duradera, y apasionante que hasta el más odioso puede llegar a tener.

Anónimo

El amor es una enfermedad y como enfermedad ha de curarse en la cama.

Anónimo

Cuando el amor le llega a una mujer, admira. Cuando le comienza el desamor, respeta, pero cuando definitivamente ha dejado de amar a ese amor, odia.

Anónimo

Los amantes y los criminales se asemejan por cuanto ambos reflejan en su rostro la exultación del pecado consentido.

Anónimo

El amor y la solidaridad tal vez no atajen a la muerte, pero la retrasan.

Anónimo

Piénselo bien, toda infidelidad de mujer es más perdonable.

Anónimo

La mejor amante es la que comienza y termina por ser nuestra mejor amiga.

Anónimo

En cualquier tipo de ruptura amorosa uno tiene más culpabilidad que el otro.

Anónimo

Es inevitable que cuando se deja de admirar se comienza a dejar de amar.

Anónimo

Mientras las mujeres prefieren hacer el amor con el hombre a quien aman, los hombres prefieren hacerlo con la mujer que los ama.

Anónimo

Las soledades que logran concordancia en un amor hacen del amor el sepulturero de toda soledad.

Anónimo

Terminamos siempre por amar en los demás lo que más amamos en nosotros.

Anónimo

En toda infidelidad pierden dos.

Anónimo

Cuando las necesidades sexuales del hombre son mayores que su sentido común, su sentido del amor queda desplazado.

Anónimo

En todo caso, la antesala del amor y su requisito previo, más que el fugaz conocimiento mutuo, es la amistad. No existe, entonces, el amor a primera vista.

Anónimo

Sólo quien es capaz de llorar es capaz de amar.

Anónimo

A la mujer, si no te gusta, déjala; pero lo que no te guste de ella no se lo digas si no quieres que sea ella quien te deje.

Anónimo

El matrimonio es la única guerra donde se te permite dormir con el enemigo.

Anónimo

Muere mucha más gente de enfermedades venéreas que de amor.

Chumy Chumez

Algunas mujeres le piden a Dios que les permita casarse con el hombre que aman; yo sólo le pido que pueda amar al hombre con que me casé.

Rose Pastor Stokes

Cásate con un arqueólogo. Cuanto más vieja te hagas, más encantadora te encontrará.

Agatha Christie

Solamente el bígamo cree de verdad en el matrimonio.

G. K. Chesterton

Es más fácil quedar bien como amante que como marido; porque es más fácil ser oportuno e ingenioso de vez en cuando que todos los días.

Honoré de Balzac

El mejor matrimonio sería aquél que reuniese a una mujer ciega con un marido sordo.

Anónimo

BIBLIOGRAFÍA

INTERNET, Tema: El amor.

GÓMEZ AYALA, RAFAEL, *Palabras de amor*, México, Ediciones B, 2003.

_____, *Palabras de motivación*, México, Ediciones B, 2003.

REYES SPÍNDOLA, DIANA, *Pensamientos para ser feliz II*, México, Diana, 1996.

VILLARREAL AGUILAR, ENRIQUE, *Instantes de amor*, México, Quarzo, 2002.

WALTERS, DONALD, *La persuasión,* México, Ediciones B, 2003.

_____, *Secretos para traer paz a la Tierra,* México, Promexa, 1998.

ÍNDICE

Impresora Multiple
Saratoga # 909
Col. Portales
Deleg. Benito Juarez